Analyse d'œuvre

Rédigé par Ariane Chaumat

Sous la direction de Niels Thorez

Manon Lescaut

de l'abbé Prévost

ANTOINE FRANÇOIS PRÉVOST

- Né en 1697 à Hesdin (Pas-de-Calais)
- Mort en 1763 à Courteuil (Oise)
- **Quelques-unes de ses œuvres :**
  - *Le Philosophe anglais ou Histoire de M. Cleveland, fils naturel de Cromwell* (roman, 1731-1739)
  - *Histoire d'une Grecque moderne* (roman, 1740)
  - *Mémoires pour servir à l'histoire de Malte ou Histoire de la jeunesse du commandeur* (roman, 1741)

Antoine François Prévost, dit Prévost d'Exiles, est plus généralement connu sous le nom d'abbé Prévost, en raison de son statut ecclésiastique. Issu de la bourgeoisie, il entreprend des études pour devenir prêtre et, dès cette époque, manifeste un goût certain pour l'écriture. À la fois représentant de l'Église et auteur prolixe, il ne se conforme pas aux exigences de son époque : en effet, dans la France du XVIIIe siècle, les religieux ne sont pas censés écrire sur des sujets profanes – non liés à la religion –, et encore moins immoraux. Or l'abbé Prévost n'hésite pas à décrire des personnages emportés par leurs passions jusqu'aux confins de l'inconduite et de la débauche.

Ses écrits de fiction sont généralement des romans-mémoires, récits de la vie d'un narrateur fictif. Parmi ceux-ci, plusieurs se présentent sous la forme de cycles : les *Mémoires et aventures d'un homme de qualité* (sept tomes de 1728 à 1731, dont l'*Histoire du chevalier Des Grieux et de Manon Lescaut*, 1731), par exemple, racontent la vie mouvementée de M. de Renoncour.

D'autres « mémoires » ne sont en revanche constitués que d'un seul roman, comme les *Mémoires pour servir à l'histoire de Malte ou Histoire de la jeunesse du commandeur*, qui retracent les aventures et amours d'un jeune religieux, chevalier de l'ordre de Malte.

L'abbé Prévost a également rédigé des livres historiques (*Histoire de Marguerite d'Anjou*, 1740, etc.) et traduit de nombreux ouvrages de l'anglais, comme le roman épistolaire de Samuel

Richardson (écrivain anglais, 1689-1761), *Lettres angloises ou Histoire de Miss Clarisse Harlove.*

MANON LESCAUT

- **Genre** : roman-mémoires
- **1ʳᵉ édition** : 1731
- **Édition de référence** : PRÉVOST (Antoine François), *Manon Lescaut*, Paris, Flammarion, 2006.
- **Personnages principaux :**
  - Le chevalier Des Grieux, narrateur du roman, est un jeune noble amoureux fou de Manon ; pour elle, il abandonne sa fortune et sa carrière de prêtre.
  - Manon Lescaut, amante du chevalier, est une jeune fille fascinée par le luxe, qui n'hésite pas à devenir la maîtresse d'hommes riches pour subvenir à ses besoins.
  - Lescaut, frère de Manon, vit aux crochets des deux amants et les incite à escroquer, ainsi qu'à se prostituer.
  - Tiberge, jeune prêtre, essaye de ramener son ami Des Grieux sur la voie de la morale et de la religion.
  - M. de Renoncour, narrateur du récit-cadre, intervient peu ; c'est néanmoins à lui que le

chevalier raconte sa propre aventure (récit enchâssé).

- **Thématiques principales :** la société du XVIIIe siècle ; le rapport entre les classes ; la passion amoureuse ; la morale et la religion ; etc.

Manon Lescaut paraît pour la première fois en 1731, en Hollande, où l'abbé Prévost est en exil. Le roman a vraisemblablement été écrit en quelques mois. Il constitue le septième et dernier volume des *Mémoires et aventures d'un homme de qualité.* L'histoire rencontre tout de suite un grand succès, malgré la défiance et le dégoût que l'immoralité des personnages inspire à une partie des critiques. Le sujet principal du roman est l'amour passionné et ses inéluctables conséquences : une succession d'aventures et de malheurs qui aboutissent à une fin tragique…

Plus tard, l'auteur modifie son ouvrage à deux reprises : en 1742, il opère d'abord des changements de langue, corrigeant quelques « fautes grossières » (p. 49) ; en 1753, il transforme et ajoute quelques scènes qui concourent notamment à affiner les différents caractères. C'est cette seconde version qui fait l'objet de notre étude.

LA VIE DE L'ABBÉ PRÉVOST

| Portrait de l'abbé Prévost réalisé en 1745 par Georg Friedrich Schmidt.

JEUNESSE ET FORMATION

Né en 1697, Antoine François Prévost est le deuxième des dix enfants de Liévin Prévost – conseiller et procureur du Roi au baillage d'Hesdin – et de Marie Duclay. Il entre au collège jésuite d'Hesdin et poursuit des études de rhétorique, entrecoupées d'un premier engagement dans l'armée en 1712, à la fin de la guerre de Succession d'Espagne (1701-1714). Suivant l'exemple de son frère aîné, et après quelques petits écarts de jeunesse, il est admis au noviciat des Jésuites de La Flèche, en 1717 : il se prépare alors à devenir prêtre, comme son oncle et son frère. Cependant, homme de contradictions, Prévost quitte encore l'ordre religieux, vraisemblablement pour s'engager dans la guerre de la Quadruple-Alliance, menée contre l'Espagne (1718-1720).

MOINE PAR OBLIGATION, ÉCRIVAIN PAR CHOIX

En 1720, Prévost se réfugie chez les moines bénédictins. Il entre dans leur confrérie l'année suivante, sans doute parce qu'il n'a pas d'autre alternative. Aucun document ne permet d'expliquer clairement cette mystérieuse et soudaine vocation, mais deux hypothèses sont admises : il s'agirait soit d'une fuite après des déboires amoureux, soit d'un moyen d'échapper à des poursuites judiciaires. Dans des écrits plus tardifs relatant sa jeunesse, Prévost juge la vie monastique avec sévérité et qualifie l'ordre de « tombeau » : « Je demeurai quelque temps si bien mort, que mes parents et mes amis igno-rèrent ce que j'étais devenu [...]. La perte de ma liberté m'affligea jusqu'aux larmes. Il était trop tard. » (PRÉVOST (Antoine François), *Le Pour et Contre*, Paris, Didot, 1734).

Prévost étudie l'érudition bénédictine et la théo-logie mais, déjà, il se préoccupe d'autres sujets et rédige en parallèle *Les Aventures de Pomponius, chevalier romain, ou l'Histoire de notre temps*. Ce pamphlet s'attaque aux jésuites et aux béné-dictins, mais aussi à diverses personnalités de l'époque comme le Régent, Philippe II d'Orléans (1674-1723). L'ouvrage est publié en Hollande sous un faux nom et rencontre un grand succès.

Antoine François Prévost est ordonné prêtre en 1725-1726, après une longue attente qui n'est peut-être pas sans lien avec la réticence de ses supérieurs suite à ses nombreuses mésaventures. Il devient donc l'abbé Prévost et enseigne un temps les humanités au collège de Saint-Germer (Oise). Il est également engagé dans la rédaction de la Gallia Christiana, encyclopédie en latin qui détaille l'histoire des provinces ecclésiastiques françaises.

Il aurait néanmoins consacré davantage de temps à la rédaction de ses propres écrits : en 1728, sont publiés les quatre premiers tomes des *Mémoires et aventures d'un homme de qualité qui s'est retiré du monde.* Ces romans-mémoires – genre très en vogue à l'époque – retracent les nombreuses aventures du narrateur, M. de Renoncour. Le thème de l'entrée forcée en religion y est abordé à plusieurs reprises, et il s'y rencontre aussi un personnage d'ecclésiastique qui s'est enfui avec sa maîtresse – un thème que l'on retrouve dans plusieurs œuvres postérieures, et notamment dans *Manon Lescaut.* Aussi, s'il ne s'agit pas d'un récit autobiographique, l'abbé Prévost s'y est très certainement inspiré de ses propres expériences.

Toujours en 1728, il quitte la vie monacale, n'ayant pas obtenu le droit d'intégrer une branche moins stricte de l'ordre bénédictin. Une lettre de cachet

– sous l'Ancien Régime (régime politique et social français qui court du règne de François Ier, durant la première moitié du XVIᵉ siècle, à la Révolution française de 1789), celle-ci permet d'incarcérer un individu sans jugement – est émise contre lui, mais l'abbé parvient à s'enfuir en Angleterre, où il se convertit à l'anglicanisme.

LES ANNÉES D'EXIL

En Angleterre, l'abbé Prévost est engagé comme précepteur de Francis Eyles, fils de John Eyles, parlementaire et sous-gouverneur de la South Sea Company. Il entretient une liaison avec Mary, la sœur de son élève, et envisage avec elle un mariage secret. Mis au courant, le père exige et obtient que Prévost quitte le pays.

L'abbé émigre alors en Hollande avec des manuscrits qu'il a commencé à rédiger au cours de son séjour anglais. C'est vers cette époque qu'il commence à signer « Prévost d'Exiles », un nom qui l'anoblit en même temps qu'il rappelle sa situation d'exilé. En 1731, il publie les quatre premiers tomes du *Philosophe anglais ou Histoire de M. Cleveland, fils naturel de Cromwell*, roman-mémoires en sept tomes qui raconte les aventures et les amours de Cleveland, bâtard fictif du despote anglais Oliver Cromwell (1599-1658). Les tomes V à VII des *Mémoires d'un homme de qualité* paraissent la même année en Hollande, le dernier n'étant autre que l'*Histoire du chevalier Des Grieux et de Manon Lescaut*.

Cet ouvrage s'apparente davantage à un roman de mœurs, dépeignant les actions et les sentiments humains dans un contexte familier – ici, la France du début du XVIIIe siècle. Mais si la morale est constamment invoquée par les narrateurs (M. de Renoncour, puis le chevalier Des Grieux), les actions représentées sont souvent scandaleuses : le couple Manon/Des Grieux vit hors mariage, l'une n'hésite pas à se faire entretenir, tandis que l'autre triche au jeu, etc.

Scandaleuse, la vie de l'abbé Prévost à cette époque ne l'est peut-être pas moins aux yeux de la morale et de ses contemporains. Bien qu'ayant quitté les bénédictins, Prévost a conservé le titre de religieux. Cela ne l'empêche pas d'entretenir une liaison passionnée avec Hélène Eckhardt, dite Lenki, qu'il a rencontrée en Hollande. Ruiné, il part avec elle en Angleterre en 1733, laissant ses dettes derrière lui.

L'abbé y crée un journal littéraire et culturel, *Le Pour et Contre*, qu'il fait paraître en France de 1733 à 1740. Il se donne alors pour objectif de « s'explique[r] librement sur tout ce qui peut intéresser la curiosité du public [...] sans prendre aucun parti, et sans offenser personne » (PRÉVOST (Antoine François), *Le Pour et Contre*, Paris, Didot, 1733). Il publie notamment des éléments autobiographiques, mais il est difficile de savoir dans quelle mesure l'auteur y arrange la réalité à son avantage. À Londres, en difficulté financière, Prévost produit un faux billet à ordre – l'équivalent d'un chèque – sous le nom de Francis Eyles. Le délit est punissable de la peine de mort. Retrouvé, il est incarcéré quelques jours, jusqu'à ce que son ancien élève retire finalement sa plainte...

RETOUR À LA RELIGION ET DERNIÈRES AVENTURES

Prévost rentre alors clandestinement en France, en 1734. Il adresse une requête au pape pour demander l'absolution de ses fautes et le passage dans une branche moins sévère de l'ordre des bénédictins. Sa requête accordée, il fait un second noviciat – préparation à l'entrée dans un ordre religieux.

En 1736, l'abbé devient aumônier du prince de Conti (1717-1776), chez qui il vit désormais. En 1740, il fait publier *Histoire d'une Grecque moderne*, roman dans lequel un noble français rachète une esclave grecque à Constantinople (ancien nom de l'actuelle ville d'Istanbul, Turquie) pour l'affranchir en espérant gagner ses faveurs. Cependant, convertie au catholicisme, celle-ci refuse les avances du seigneur, sans que celui-ci comprenne si son rejet est fondé sur la vertu chrétienne, ou motivé par l'amour qu'elle porte à un autre.

En janvier 1741, à nouveau ruiné, il doit s'exiler à Bruxelles après qu'il a aidé à la réalisation d'une gazette clandestine. En octobre, Prévost obtient l'autorisation de revenir en France. Il semble désormais vivre une vie plus rangée et traduit un grand nombre d'ouvrages de l'anglais – David Hume (philosophe et historien écossais, 1711-1776), Samuel Richardson, etc.

Il publie une première édition retravaillée de *Manon Lescaut* en 1742 ; l'édition définitive, revue et corrigée, paraît quant à elle en 1753. L'abbé Prévost meurt en 1763 d'une rupture d'anévrisme.

RÉSUMÉ DE *MANON LESCAUT*

Dans un avis préliminaire, le narrateur – et auteur fictif du roman –, M. de Renoncour, explique qu'il a rajouté cette histoire à ses *Mémoires* pour montrer « un exemple terrible de la force des passions » (p. 47). D'après cet « homme de qualité », les mésaventures de Des Grieux et de Manon Lescaut peuvent en effet instruire le lecteur, lui permettre d'être plus sage et d'acquérir de l'expérience.

PREMIÈRE PARTIE

Lors d'un voyage, M. de Renoncour croise à Pacy le convoi d'une « douzaine de filles de joie » (p. 52) qui doivent être déportées en Amérique. Il est surpris par l'air noble de l'une d'elles. Il rencontre également un jeune homme qui se tient à l'écart du convoi : tombé éperdument amoureux de la jeune femme, il la suit depuis Paris pour l'accompagner en Amérique. Il est cependant ruiné car les gardes lui font payer le droit de parler avec sa maîtresse. Ému par le jeune amant, M. de Renoncour lui donne quatre louis d'or et lui obtient le privilège de s'adresser à elle librement. Deux ans plus tard, M. de Renoncour croise à nouveau ce jeune homme qui rentre d'Amérique et semble à nouveau ruiné. L'homme de qualité l'invite à son hôtel, et le chevalier Des Grieux lui raconte alors son histoire...

À l'âge de 17 ans, Des Grieux finit brillamment ses études de philosophie. La veille de son départ pour sa ville natale, il rencontre une jeune femme devant une hôtellerie et en tombe immédiatement amoureux. Elle lui apprend que ses parents l'envoient au couvent contre son gré pour la faire religieuse. Touché, il lui promet de tout faire pour la libérer. Aussi conviennent-ils d'un plan pour s'enfuir à Paris et s'y marier. De retour chez lui, Des Grieux retrouve son ami Tiberge, qui tente de le détourner de ses projets. Le chevalier feint alors de se laisser convaincre et convient d'un rendez-vous pour le lendemain, mais il s'enfuit en réalité avec sa maîtresse. Les jeunes amants sont si empressés qu'ils consomment leur amour durant leur voyage, sans s'être mariés.

À Paris, ils louent un appartement et vivent trois premières semaines idylliques. Mais un jour, le chevalier rentre plus tôt qu'à son habitude et s'étonne du temps que la servante met à lui ouvrir. La jeune fille lui avoue que Manon était en compagnie de leur riche voisin, M. de B…, qu'elle a pris le temps de faire sortir furtivement par une autre porte. Des Grieux est dévasté, mais n'ose pas en parler avec Manon.

Le soir même, les laquais de son père font irruption dans l'appartement et ramènent le jeune homme dans son foyer. À Saint-Denis, son père lui apprend qu'il a été averti de sa situation par M. de B…, devenu l'amant de Manon. Le chevalier se rend alors malade de chagrin, et son père se résout à l'enfermer dans une chambre pour l'empêcher de fuir à nouveau. Là, Tiberge vient régulièrement visiter son ami et le convainc de devenir ecclésiastique comme lui.

Des Grieux étudie très sérieusement durant un an et reprend peu à peu goût à la vie. Pourtant, lorsqu'il passe une soutenance publique à laquelle Manon assiste et qu'elle le rejoint pour s'excuser, le chevalier retombe immédiatement sous son charme. Ils s'enfuient alors à nouveau ensemble et prennent une maison à Chaillot, non loin de la capitale, bien résolus à ne pas trop dépenser. Ils se laissent néanmoins emporter par le goût de Manon pour les divertissements et louent également un petit appartement à Paris. Lescaut, le frère de Manon, les y retrouve et s'installe chez eux, profitant de leur argent. Peu après, leur maison de Chaillot prend feu, et la caisse contenant l'argent du couple est volée.

Désespéré et ruiné, Des Grieux emprunte à Tiberge, qui condamne cependant sa conduite. Pour subvenir aux besoins de Manon, le jeune homme se fait encore introduire par Lescaut dans un groupe de tricheurs au jeu. Passé maître dans cet art, il sévit dans le cercle de jeu des officiers du Prince de R.... Les amants vivent à nouveau dans l'opulence, mais se font encore dépouiller par deux domestiques, jaloux de leur richesse. Lescaut incite alors sa sœur à devenir la maîtresse du vieux et riche M. de G... M...

Fâché, Des Grieux accepte néanmoins de les aider à jouer un tour au vieil homme. Ils se font inviter à souper par celui-ci, faisant passer le chevalier pour leur jeune frère niais. Mais au moment de passer la nuit avec le vieil amant, Manon rejoint ses complices en cachette, et tous trois s'enfuient avec l'argent donné par M. de G... M... Celui-ci les fait alors rechercher et enfermer. Grâce à l'aide du frère de Manon, Des Grieux se procure une arme et parvient à s'échapper de la prison Saint-Lazare, tuant un domestique dans sa fuite. Pour retrouver son amante, il prend contact avec le fils de l'un des administrateurs de l'Hôpital de la Salpêtrière, où elle est enfermée. Celui-ci, M. de T..., les aide à s'enfuir.

Les deux amants tentent de se réfugier chez Lescaut, mais celui-ci est tué en chemin par l'un de ses ennemis. Manon et Des Grieux partent se réfugier à la campagne, et le chevalier doit emprunter encore de l'argent à Tiberge et à M. de T... À ce stade du récit, M. de Renoncour reprend la parole et indique qu'il a invité Des Grieux à manger. Celui-ci ne reprend donc son histoire qu'après le repas...

DEUXIÈME PARTIE

Des Grieux se remet à tricher au jeu pour gagner de l'argent et satisfaire les besoins de Manon. Il apprend par son domestique qu'un prince italien est tombé amoureux d'elle et qu'il lui donne des lettres. Jaloux, il surprend un jour l'arrivée de ce prince chez eux, mais Manon dit alors à son prétendant qu'elle aime Des Grieux et le renvoie en riant.

Quelque temps plus tard, le couple rencontre par hasard le fils de M. de G... M..., ami de M. de T... Celui-ci s'éprend de Manon qui, pour se venger du père, accepte de vivre avec lui dans l'espoir de lui soutirer de l'argent. Mais alors que Des Grieux attend sa maîtresse – qui doit le rejoindre avec les cadeaux obtenus –, il reçoit une lettre de sa part : Manon lui propose de le retrouver un autre jour et, pour le faire patienter, lui fait porter son message par une jeune prostituée qui pourra la « remplacer ». Celle-ci explique à Des Grieux que la lettre a été écrite par Manon et le jeune G... M...

Fou de jalousie, il trouve le moyen de s'entretenir avec sa maîtresse. Celle-ci lui affirme qu'elle se joue de son nouveau soupirant et cherche simple-ment à en tirer plus d'argent. Elle envisage pour cela de passer la nuit avec lui. Sur les conseils de M. de T..., Des Grieux fait alors enlever le jeune G... M... ; il compte ainsi s'en venger en mangeant son souper et en couchant dans son lit.

Cependant, informé du rapt, le vieux M. de G... M..., père de la victime, retrouve les deux amants et les fait à nouveau enfermer. Le père du chevalier s'arrange pour faire relâcher son fils, tandis que Manon est condamnée à la déportation en Amérique. Des Grieux, furieux contre son père, tente alors de la délivrer en attaquant le convoi qui doit la transporter, mais ses complices l'abandonnent. Il se résout donc à suivre les jeunes femmes condamnées et à payer leurs gardes pour parler à Manon. C'est alors qu'à Pacy, il rencontre M. de Renoncour pour la première fois.

Plus tard, le chevalier s'embarque comme volontaire sur le bateau qui emmène Manon vers l'Amérique et fait croire qu'ils sont mariés. À La Nouvelle-Orléans (Louisiane), les deux jeunes gens peuvent s'installer ensemble et vivre paisiblement. Ils décident de se marier et avouent leur mensonge au gouverneur.

Mais le neveu de celui-ci, Synnelet, est tombé amoureux de Manon, de sorte que son oncle s'oppose à ce mariage. Des Grieux se bat alors en duel avec Synnelet, le blesse et, parce qu'il le croit mort, s'enfuit avec Manon dans le désert où la jeune femme meurt d'épuisement. Son amant l'y enterre pour la soustraire aux bêtes sauvages ; couché sur la fosse, il veut se laisser mourir auprès d'elle. Il est pourtant retrouvé et jugé mais, comme il n'a blessé que légèrement son adversaire, Synnelet demande sa grâce. Une fois rétabli, le jeune homme a la surprise de voir arriver son ami Tiberge, dont il veut désormais suivre les conseils. Tous deux rentrent en France, où Des Grieux apprend la mort de son père et s'en va rejoindre son frère.

Illustration de la mort de Manon Lescaut par Hubert-François Gravelot en 1753.

L'ŒUVRE EN CONTEXTE

Manon Lescaut a été écrit rapidement – peut-être même en quelques semaines – au commencent de l'année 1731. En France, c'est le début du règne de Louis XV (1710-1774), arrière-petit-fils et successeur de Louis XIV (1638-1715). Le jeune roi, alors âgé de 21 ans, gouverne en son nom depuis 1723, après la période de régence de son cousin Philippe d'Orléans (1640-1701). Le roman de Prévost, qui n'est pas une caricature, dépeint fidèlement la société de son époque ; il écrit généralement en connaissance de cause, tant ses nombreuses mésaventures lui ont aussi permis de découvrir des milieux différents.

PREMIÈRE PUBLICATION EN HOLLANDE

Dans les années 1730, l'abbé est en exil, après qu'il a fui l'ordre bénédictin. Il vient alors d'arriver aux Pays-Bas – appelés Hollande en France –, dont le nom officiel est encore la république des Provinces-Unies. État protestant, celle-ci accueille depuis longtemps les Français en fuite (protestants persécutés, écrivains poursuivis, etc.) et, contrairement au royaume de France, ne pratique pas la censure. Il est donc facile d'y faire imprimer toutes sortes d'écrits, sans danger.

Au XVIIIe siècle, de nombreux auteurs, tels que Montesquieu (écrivain et philosophe français, 1689-1755) – qui publie par exemple ses *Lettres Persanes* à Amsterdam, en 1721 – ou Voltaire (écrivain et philosophe français, 1694-1778), font d'ailleurs éditer leurs œuvres en Hollande. Il leur suffit alors d'accepter les conditions des libraires qui éditent les textes. Très sollicités, particulièrement par les étrangers, ceux-là ont en effet un grand pouvoir et en profitent pour acheter les manuscrits aux prix les plus bas. À cette époque, les droits d'auteurs n'existent pas encore sous la forme que nous leur connaissons aujourd'hui, et ce sont donc les libraires qui retirent les principaux bénéfices de l'industrie du livre.

L'abbé Prévost a déjà fait publier *Cleveland* et deux tomes *des Mémoires et aventures d'un homme de qualité* en Hollande ; il connaît donc bien le milieu de l'édition, dans lequel il a des contacts. Ainsi, il propose l'*Histoire du chevalier Des Grieux et de Manon Lescaut* au même libraire qui lui a déjà acheté les tomes V et VI.

La série ayant rencontré le succès, ce dernier accepte, à condition de publier les trois volumes en même temps. *Manon Lescaut* ne constitue alors qu'une partie d'un plus grand ensemble : le cycle des mémoires de M. de Renoncour. Pourtant, l'histoire s'en distingue considérablement et ne met presque plus en scène le narrateur originel, qui n'intervient en fait ici que dans deux brefs passages – au début et au milieu du roman. Le succès des premiers volumes avait été tel qu'il était vraisemblablement plus facile pour Prévost de vendre *Manon Lescaut* comme une suite. Mais, déjà, le statut particulier de ce roman est remarqué par les lecteurs contemporains.

Illustration de *Manon Lescaut* avec Des Grieux, publiée en 1753.

S'il tient une place à part dans les mémoires de M. de Renoncour, le livre vient néanmoins s'inscrire dans un contexte littéraire caractérisé par le succès d'un certain type de romans : les histoires d'amour contrarié, riches en aventures et en rebondissements. *Manon Lescaut* narre en effet l'histoire de deux jeunes gens que tout sépare : infidélité, vol, meurtre, emprisonnement, déportation. Les héros vivent une succession d'aventures qui les mettent à l'épreuve, jusqu'au drame final.

En outre, le titre de l'œuvre revêt une forme courante au XVIIIe siècle – « Histoire de M. [...] et de Mlle [...] » – pour des récits au sein desquels le jeune homme est généralement noble et la jeune fille d'un rang inférieur. Ici, l'abbé Prévost s'est vraisemblablement inspiré des *Illustres Françaises* de Robert Challe (écrivain français, 1659-1721). Publié pour la première fois en 1713, ce roman raconte les aventures rocambolesques ou tragiques de sept couples. Parmi elles, l'histoire de Des Frans et de Sylvie : un jeune homme découvre sa femme dans les bras de son meilleur ami et, fou de rage et de douleur, séquestre Sylvie, qui en meurt. Dans l'histoire de M. des Prez et de Mlle de l'Épine, les deux héros s'épousent en secret, mais leurs familles l'apprennent et les séparent. L'amant est alors enfermé à Saint-Lazare, tandis que la jeune femme meurt en accouchant à l'Hôtel-Dieu.

Outre le sujet, la forme de *Manon Lescaut* rappelle également celle des *Illustres Françaises*. En effet, il s'agit dans les deux cas de récits enchâssés : le roman s'ouvre sur la présentation de personnages qui se réunissent et écoutent l'un d'entre eux narrer l'histoire principale. Dans le livre de Robert Challe, une réunion entre amis donne l'occasion à plusieurs jeunes gens de raconter les histoires qu'eux-mêmes ou certaines de leurs connaissances ont vécues – dans *Manon Lescaut*, c'est la rencontre entre M. de Renoncour et Des Grieux qui fournit le prétexte au récit. Et comme c'est le cas chez Prévost, la subjectivité du narrateur est très présente, certains personnages racontant d'ailleurs la même histoire sous deux angles différents.

CONTEXTE LITTÉRAIRE : LE ROMAN AVANT 1750

Dans *Manon Lescaut*, l'auteur est également influencé par le style et les codes romanesques de son temps. Au XVIIIe siècle, le roman se développe de plus en plus, bien qu'il soit encore beaucoup décrié : parce qu'il n'est pas hérité de l'Antiquité et qu'il dépeint des passions contraires à la morale, il n'est pas considéré comme un genre « noble ».

Successeurs de Mme de La Fayette (écrivain français, 1634-1693) – *La Princesse de Clèves* (1678) – certains auteurs comme l'abbé Prévost développent l'analyse lucide et fine des sentiments de leurs personnages, ainsi que leur évolution ; ils emploient couramment la première personne et privilégient une certaine introspection du narrateur. C'est la vogue du roman-mémoires, genre littéraire alors très apprécié qui triomphe avec les œuvres de l'abbé Prévost, de Marivaux (écrivain français, 1688-1763) – *La Vie de Marianne*, 1731, *Le Paysan parvenu*, 1734 –, de Mme de Tencin (écrivaine française, 1682-1749) – *Les Malheurs de l'amour*, 1747 –, ou encore de Denis Diderot (écrivain, philosophe et encyclopédiste français, 1713-1784) – *La Religieuse*, 1796 –, etc.

L'héritage du XVIIe siècle se fait également sentir dans l'ancrage réaliste des romans. Dans la lignée des satiristes du siècle précédent, tels que Charles Sorel (v. 1600-1674) – *Histoire comique de Francion*, 1623 –, Paul Scarron (1610-1660) – Le Roman Comique, 1651 et 1657 – ou Antoine Furetière (1619-1688) – *Le Roman bourgeois*, 1666 –, les romanciers donnent plus volontiers un cadre contemporain à leurs histoires, ce qui leur permet aussi de critiquer certains aspects de leur époque. C'est ce que fait Le Sage (écrivain français, 1668-1747) dans son roman picaresque *Histoire de Gil Blas de Santillane* (publié en quatre tomes de 1715 à 1735), en dépeignant sans complaisance les travers des différentes couches de la société.

De son côté, l'œuvre de l'abbé Prévost s'inscrit également dans cette tendance réaliste qui caractérise largement le roman de mœurs, attaché à la représentation des comportements et des conduites des hommes dans leur milieu et leur époque. De fait, dans *Manon Lescaut*, le romancier place la rencontre entre Des Grieux et Renoncour entre 1715 et 1720 (si l'on s'en tient à la chronologie des *Mémoires et aventures d'un homme de qualité*), tandis que les aventures narrées par Des Grieux ont plutôt cours à la fin du règne de Louis XIV, dans les années 1710. En outre, l'auteur choisit de situer son histoire dans un cadre historiquement exact. Et bien qu'il s'agisse d'une œuvre de fiction, le roman intègre donc un certain nombre d'éléments avérés : par exemple, la tenue des maisons de jeu par les nobles, la déportation des femmes « de mauvaise vie », etc.

ANALYSE DES PERSONNAGES

MANON : UNE HÉROÏNE INSAISISSABLE

Le personnage de Manon est au centre du roman. Le titre original, *Histoire du chevalier Des Grieux et de Manon Lescaut,* a d'ailleurs été abandonné au profit d'une forme réduite : *Manon Lescaut.* En effet, c'est avant tout la jeune femme qui a retenu l'attention des lecteurs à travers les siècles.

Une héroïne vue par son amant

Nous savons peu de choses sur la vie et l'histoire de Manon, seulement qu'elle vient d'une famille modeste qui l'envoie au couvent avec une petite dot et qu'elle a un frère.

En fait, le récit étant pris en charge par le chevalier, nous n'appréhendons Manon qu'à travers son regard. Or la vie de la jeune femme avant leur rencontre ne l'intéresse pas. Des Grieux est un amoureux passionné, de sorte que le lecteur peut parfois douter de l'impartialité des descriptions, surtout lorsque le chevalier vante les mérites de son amante. Aussi, si le narrateur semble penser que son père ne pourra qu'apprécier la jeune femme, et si, de même, il est convaincu que Tiberge sera séduit par Manon – « Je vous ferai voir [...] ma maîtresse et vous jugerez si elle mérite que je fasse cette démarche pour elle » (p. 63) –, ceux-là déçoivent quelque peu ses espoirs et ne paraissent pas véritablement charmés par la jeune femme...

La beauté de Manon semble néanmoins avérée. M. de Renoncour l'évoque dès le début du roman, et les nombreux hommes qui cherchent à la séduire – M. de B..., M. de G... M... et son fils, le prince italien, Synnelet, etc. – y sont également sensibles. Pourtant, Manon ne nous est jamais décrite d'une façon précise. Si elle est belle, mais nous n'avons pas de détails physiques (couleur des yeux, des cheveux, taille, etc.) ; le chevalier en donne très peu d'informations, en dehors des actions et paroles qu'il rapporte. Et dès lors, un certain flou règne autour de ce personnage, laissant au lecteur le soin de se le représenter

– un tel mystère a d'ailleurs concouru à établir son succès.

De même, le portrait moral de la jeune femme ne nous est rendu accessible que par la voix de son amant. Il est cependant plus nuancé : en effet, bien que le chevalier présente le plus souvent Manon sous ses aspects les plus positifs, elle est aussi identifiée comme la cause principale de la ruine du couple.

Il semble que Manon ait avant tout besoin d'argent ; c'est d'abord pourquoi elle est infidèle à Des Grieux, car chaque nouvel amant lui propose en fait un train de vie plus élevé. Aussi, en dépit de toutes les qualités énoncées par le chevalier, Manon nous est également présentée avec ses défauts et ses vices : elle nous apparaît vénale, intéressée et particulièrement dépensière. Même les caractéristiques négatives de Manon sont présentées de manière partiale : en racontant ses aventures passées, le chevalier juge l'histoire en fonction de sa triste issue. Il insiste donc dès le début sur le « problème » que constitue pour lui Manon.

Prostituée, courtisane ou femme libre ?

De nombreux commentateurs ont rapidement conclu que Manon est une prostituée – une « catin » écrit Montesquieu –, mais ce diagnostic est le plus souvent sous-tendu par un jugement moral, ou à une lecture hâtive. Certes, Manon obtient de l'argent en échange de ses faveurs, passées ou à venir. Mais parce qu'un tel commerce n'intervient finalement que trois fois dans le roman – quoique Lescaut envisage sa sœur comme une source potentielle de revenus réguliers –, l'attitude de la jeune femme est bien plutôt celle d'une courtisane : elle n'est entretenue que par un seul homme à la fois, et encore n'est-ce véritablement le cas qu'avec M. de B... De fait, avec G... M... et son fils, elle cherche davantage à ruser afin de leur extorquer de l'argent rapidement. Escroqué, le vieux G... M... n'obtient d'ailleurs pas les faveurs attendues...

Les sentiments de Manon pour Des Grieux semblent cependant véritables. Alors qu'elle a plusieurs fois l'occasion de le quitter pour vivre plus avantageusement, elle reste finalement attachée à son amant. Dès lors, l'« inconstance » que lui reproche Des Grieux ne tient peut-être qu'à une conception distincte – et plus libre – de ce que sont l'amour et la fidélité.

D'ailleurs, tandis qu'elle s'apprête elle-même à coucher avec le jeune G… M…, Manon explique au chevalier : « La fidélité que je souhaite de vous est celle du cœur. » (p. 169) Elle est en fait une jeune femme très sensuelle, pour qui les plaisirs du corps et les nuits passées avec quelques soupirants – surtout lorsque de telles rencontres sont intéressées ! – sont sans rapport avec les élans du cœur. Dans cette société très hiérarchisée, à la fois femme et roturière infortunée, Manon utilise finalement sa beauté et son charme comme armes pour tenter de s'offrir une vie plus aisée. Mais les incompréhensions de son amant, la corruption d'une société moralisatrice, ainsi que ses propres excès, vouent ce projet à l'échec et condamnent la jeune femme.

DES GRIEUX : LE HÉROS NARRATEUR

Le chevalier Des Grieux est à la fois personnage et narrateur. Son histoire et son évolution empruntent à la structure des romans d'apprentissage et d'initiation : d'abord jeune homme naïf et ignorant – il est âgé d'à peine 17 ans –, il découvre la vie et le monde au fil de ses nombreuses aventures.

L'apprentissage d'un jeune homme

Dès le XVIIe siècle, on distingue généralement deux types de récits initiatiques : dans le conte moral, le jeune héros découvre des valeurs telles que le courage, la patience, ou encore des vertus chrétiennes, tandis que dans le roman libertin, il se défait de sa naïveté et découvre des domaines moins conformes à la morale de l'époque, tels que l'athéisme ou la sexualité.

Le parcours de Des Grieux s'effectue donc au croisement de ces deux voies d'apprentissage. Ainsi, élevé dans le respect de la morale et de la religion, il se libère de cette éducation pour se lancer dans l'amour clandestin, la triche au jeu, l'escroquerie et d'autres inconduites qui le mènent jusqu'au meurtre et à la limite du proxénétisme.

Néanmoins, le jeune homme ne cesse de vouloir se racheter et d'espérer se lancer dans une vie plus rangée. Il évolue avec Manon au fil du roman : ainsi, par exemple, avant de rencontrer le jeune G... M..., les amants se font plus discrets et gèrent mieux leur argent, signe qu'ils ont appris de leurs erreurs passées.

Cependant, ils se laissent à nouveau entraîner dans leurs excès, ce qui les conduit à la catastrophe finale. C'est que l'aventure initiatique de Des Grieux ne pouvait en fait que s'achever avec la fin de cet amour et la mort de Manon. Cette tragédie finale lui donne sa dernière « leçon » et fait de lui un narrateur capable d'envisager sa propre histoire avec un certain recul et une certaine maturité : il sait à présent que les passions peuvent être destructrices. Une fois l'aventure terminée, il peut reprendre sa place dans la société.

Un héros en rupture avec la société

Dans *Manon Lescaut*, Des Grieux refuse de se conformer au rôle que son père et une partie de la société attendent de lui. Son milieu d'origine est pourtant confortable : bien éduqué, jouissant d'une position hiérarchique enviable, le jeune homme a également un père soucieux de son bien-être. Si ce dernier se montre ferme avec son fils, il est également compréhensif : il est notamment prêt à accepter que Des Grieux renonce à sa carrière religieuse pour se marier – fait rare pour l'époque.

Mais pour ne pas abandonner Manon, le jeune héros est disposé à tous les sacrifices. Il montre d'ailleurs peu de reconnaissance envers ce père tolérant : quand il envisage de se réconcilier avec lui, c'est seulement de manière intéressée, avec l'idée de lui réclamer de l'argent ou la protection. Ainsi, après son évasion de Saint-Lazare, Des Grieux raconte : « Je résolus [...] d'écrire à mon père [...]. Mon espérance était de l'engager à m'envoyer de l'argent sous prétexte de faire mes exercices à l'Académie [...] » (p. 139) Le lecteur assiste donc ici à la transformation d'un jeune homme bien élevé en un rebelle prêt à commettre tous les excès. Et la cause de cet avilissement, l'amour, constitue aussi le principal motif de désaccord entre le père et le fils.

Toutefois, lorsque le couple peut vivre en paix, comme c'est le cas en Amérique, Des Grieux montre une conduite tout à fait réglée. Enfin, après la mort de Manon, et passés les premiers temps du désespoir, le jeune homme n'a plus de raison de s'opposer à l'autorité paternelle. Il est donc disposé à se réconcilier, mais il est déjà trop tard : après la perte de Manon, celle de son père vient encore mettre un terme douloureux à son initiation. Dès lors, Des Grieux commence sa vie d'homme.

TIBERGE : LE GARDIEN DE LA MORALE

Tiberge est un ami de Des Grieux. Bien qu'il n'apparaisse que ponctuellement dans l'histoire, il y joue un rôle important. Ce personnage incarne la stabilité et la constance : en comparaison avec l'évolution du chevalier, le caractère et la personnalité de Tiberge ne semblent pas beaucoup changer au fil du roman. Alors que le premier transite par différents états émotionnels (passion amoureuse, jalousie, désespoir, etc.) et vit des situations extrêmes (aisance financière, misère, prison, etc.), Tiberge reste le même.

Particulièrement fidèle et dévoué, il est d'ailleurs le seul à ne jamais abandonner son ami. Certes, il désapprouve la conduite de Des Grieux, mais il continue toujours à lui apporter son aide, qu'elle soit financière, spirituelle – en lui offrant le secours de la religion au début du roman – ou amicale par sa simple présence, lorsqu'il vient le retrouver à La Nouvelle Orléans. En ce sens, il apparaît un peu comme le pendant antinomique de Manon : alors que Des Grieux perd sans cesse son amante, il retrouve toujours Tiberge.

D'autre part, le jeune homme est le représentant de la morale et de la religion dans le roman. Il peut être considéré lui-même comme un modèle de vertu chrétienne et d'amitié, puisqu'il continue d'aider son ami envers et contre tout, alors même que Des Grieux ne l'appelle que lorsqu'il a besoin de lui. Peut-être constitue-t-il ainsi une sorte de caution morale dans un roman loin d'être innocent, et qui a parfois été accusé d'immoralité...

LESCAUT

Personnage peu recommandable, le frère de Manon joue un rôle important dans la vie des amants. Il apparaît soudainement, alors que le couple vit dans un certain confort. Nous savons alors peu de choses sur lui, si ce n'est qu'il est garde du corps – équivalent du gendarme d'aujourd'hui.

Dans un premier temps, il incarne le vice et la corruption : violent et intéressé, il profite de l'argent du couple et envisage froidement de prostituer sa sœur. Pour Des Grieux, il est aussi le pendant négatif de Tiberge. En effet, il le conseille et lui propose aussi une aide financière mais, tandis que le jeune ecclésiastique préconise la voie de la religion et de la repentance, Lescaut propose des solutions plus concrètes et surtout moins morales : la tricherie, l'escroquerie, etc.

Cependant, il constitue parfois la seule famille des deux amants et accepte immédiatement de les aider lorsqu'il s'agit pour eux de fuir Saint-Lazare et l'Hôpital. Ainsi, quoiqu'il s'agisse encore ici d'entreprendre des actions illégales, Lescaut manifeste un véritable attachement au jeune couple.

ANALYSE DES THÉMATIQUES

Manon Lescaut reprend de nombreuses thématiques chères à l'abbé Prévost, que nous retrouvons ainsi de récits en récits. Beaucoup d'entre elles se nourrissent d'expériences vécues par l'auteur lui-même : amour contraire à la morale, entrée en religion, voyage et exil, etc. En outre, Prévost ancre l'*Histoire du chevalier Des Grieux et de Manon Lescaut* dans un cadre réaliste et contemporain. Et s'il s'agit d'une manière courante au XVIIIe siècle – Le Sage et Marivaux en font tout autant –, s'inspirer de ce qu'il connaît lui permet aussi de présenter des personnages et des situations plus proches de la vérité.

Les éléments autobiographiques sont également un moyen d'attiser la curiosité des lecteurs : à l'époque de la publication, ceux-là savent généralement que l'auteur a fui l'état religieux et vécu des aventures hors mariage avec différentes femmes. L'aura de scandale qui entoure l'abbé et son œuvre redouble dès lors l'intérêt du public.

UN MILIEU CORROMPU : LA SOCIÉTÉ DU XVIIIe SIÈCLE

Derrière les personnages de *Manon Lescaut*, d'aucuns ont cherché à reconnaître des individus réels. La désignation de certains d'entre eux par des initiales (« M. de B… », « M. de G… M… », etc.) a ainsi donné lieu à de nombreuses suppositions, plus ou moins fondées, sur leur identité.

En fait, Prévost s'est sans doute inspiré de personnalités existantes, comme c'est le cas pour le prince de R…, dont les officiers tiennent une table de jeu à l'hôtel de Transylvanie : le modèle en est vraisemblablement François II Rákóczy (prince de Transylvanie, 1676-1735). Mais il ne s'agit probablement là que d'un effet de réel, voué à ancrer davantage le texte dans le cadre contemporain – ce personnage n'est d'ailleurs plus évoqué par la suite.

En ce qui concerne les amants de Manon, il y a trop peu d'informations précises pour établir une correspondance certaine avec de véritables personnalités de l'époque. Et quant aux correspondances établies entre les héros et des homonymes réels, rien ne prouve qu'elles soient fondées. De fait, « Manon », diminutif de « Madeleine », est un prénom courant dans la bourgeoisie du siècle, tout comme l'est le nom de famille « Lescaut ». En définitive, s'il y a bien une vérité restituée dans *Manon Lescaut*, c'est surtout celle d'un milieu social immoral et corrompu : celui de la société du XVIIIe siècle.

Ainsi *Manon Lescaut* peut être qualifié de roman de mœurs, c'est-à-dire que le récit s'y attache à décrire de manière réaliste le comportement des personnages en société. Et en effet, si les aventures de Manon et de Des Grieux sont parfois invraisemblables, elles prennent néanmoins place dans un contexte historique bien documenté. Dès lors, le lecteur moderne découvre certaines réalités de l'époque : la difficulté pour un fils cadet de choisir son avenir, l'internement des jeunes « débauchés » sur simple dénonciation, la déportation de prisonniers en Amérique, etc. Dans *Manon Lescaut*, les actions des personnages offrent toujours l'occasion de dépeindre davantage la société du XVIIIe siècle : ses divertissements (théâtre, opéra, jeux, etc.), son système judiciaire, ses pratiques religieuses, etc.

Le roman pointe aussi les contradictions entre le discours moral diffusé dans le corps social et la réalité des pratiques. En effet, la religion (essentiellement représentée par Tiberge) et les figures d'autorité (le père de Des Grieux, le vieux M. de G... M..., etc.) défendent une existence réglée et sans excès, conforme à ce que la société attend de chacun. Or, dans les faits, de nombreux partisans de cette morale se montrent eux-mêmes peu vertueux et peu à même de respecter ces préceptes. C'est notamment le cas du vieux M. de G... M..., qui s'offusque de la malhonnêteté des jeunes gens, alors qu'il est prêt à entretenir de jeunes femmes.

Dès lors, le chevalier Des Grieux, qui oscille lui-même entre conduite morale et actions peu louables, n'hésite pas à pointer quelques exemples de cette corruption générale pour se justifier auprès de son père : « Je vis avec une maîtresse, lui disais-je, sans être lié par les cérémonies du mariage : M. le duc de... en entretient deux, aux yeux de tout Paris [...]. J'ai usé de quelque supercherie au jeu : M. le marquis de... et le comte de... n'ont point d'autres revenus [...]. » (p. 184) Et les ecclésiastiques eux-mêmes ne sont pas en reste, quand il s'agit de passer outre la morale qu'ils prêchent. Des Grieux ne se prive d'ailleurs pas de le faire remarquer à Tiberge, quand celui-ci vient le sermonner. Il lui rappelle ainsi « qu'un grand nombre d'évêques et autres prêtres [...] savent accorder fort bien une maîtresse avec un bénéfice » (p. 96).

Dans *Manon Lescaut*, la société du XVIIIe siècle nous est ainsi montrée sous tous ses aspects, en particulier les moins reluisants. L'abbé Prévost en dépeint tous les vices, et en particulier la cupidité, c'est-à-dire le désir excessif d'obtenir de l'argent. De fait, celle-ci est la cause de la plupart des mésaventures du couple : Manon est infidèle pour soutirer des richesses à ses amants, le vieux G... M... les poursuit pour escroquerie, le vol des économies du couple est encore motivé par la vénalité de leurs serviteurs, etc.

Ainsi, dans *Manon Lescaut*, la corruption du milieu peut partiellement excuser, ou au moins expliquer, certaines actions des jeunes gens : pour s'en sortir, ceux-là suivent les exemples qu'ils peuvent voir autour d'eux. C'est peut-être que, contrairement aux romans de mœurs du XIXe siècle, l'œuvre de l'abbé Prévost n'est pas celle d'un moralisateur ; sa peinture fidèle de ses contemporains, tout en contraste, instruit les mœurs tout en ménageant les ambiguïtés de la condition humaine.

LA SUPÉRIORITÉ DE CLASSE

Tout comme « l'homme de qualité », M. de Renoncour, Des Grieux est un aristocrate. Issu d'une vieille famille de la noblesse, il en a adopté les codes et les valeurs. Parmi celles-ci, un très fort sentiment de supériorité par rapport au commun des mortels et une certaine solidarité de classe. C'est d'ailleurs l'une des raisons pour lesquelles M. de Renoncour s'intéresse au chevalier, lors de leur première rencontre à Pacy. Celui-ci explique en effet combien sa noblesse se manifeste, en dépit des circonstances :

> « Il était mis fort simplement ; mais on distingue, au premier coup d'œil, un homme qui a de la naissance et de l'éducation. Je m'approchai de lui. Il se leva ; et je découvris dans ses yeux, dans sa figure et dans tous ses mouvements, un air si fin et si noble, que je me sentis porté naturellement à lui vouloir du bien. » (p. 53)

De fait, si le narrateur a d'abord été interpellé par la beauté de Manon et le « sentiment de modestie » (p. 52) qu'elle exprime, c'est bien l'air noble de Des Grieux qui le détermine à aider les amants. C'est sans doute qu'il reconnaît en lui ses propres qualités et, surtout, l'appartenance à une même classe.

Ici, c'est bien plus « l'air » que la fortune qui détermine la noblesse. D'ailleurs, si la famille de Des Grieux ne possède pas de grandes richesses, elle a en revanche un mépris aristocratique pour les riches issus de classes plus basses : les parvenus. C'est pourquoi le père du chevalier néglige la particule dans le nom du premier amant de Manon, M. de B... : il s'agit en effet d'un fermier général, qui collecte des impôts – la plupart de ces dignitaires étaient d'origine roturière, non noble, mais pouvaient être anoblis en accédant à cette fonction. C'est donc en noble « de souche » que le père de Des Grieux refuse de reconnaître le nouveau statut de M. de B...

De même, la famille de G... M... est visiblement d'une noblesse récemment acquise, bien qu'elle soit beaucoup plus riche que celle de Des Grieux. Cela peut encore expliquer le mépris du chevalier, alors même qu'il se retrouve à la merci du vieux G… M… De fait, quand ce dernier le menace de la potence, Des Grieux réplique avec vivacité : « Infâme ! Ce sont tes pareils qu'il faut chercher au gibet. Apprends que je suis d'un sang plus noble et plus pur que le tien. » (p. 175) En effet, sous l'Ancien Régime, les nobles ne sont pas pendus comme les autres condamnés à mort, mais décapités. Et bien qu'en position de faiblesse, le jeune aristocrate garde donc toujours son sentiment de supériorité.

Avec Manon, qui ne partage pas son rang, se pose donc aussi le problème de la mésalliance, c'est-à-dire celui d'un mariage avec une personne de condition inférieure. De fait, même si Des Grieux demandait effectivement à son père l'autorisation d'épouser Manon, il y aurait peu de chances pour que celui-ci accepte.

Dans un premier temps, le père ne prend d'ailleurs pas l'amour de son fils très au sérieux. Croyant que le chevalier cherche seulement à se marier, il se propose de lui trouver une femme « qui ressemblera à Manon, et qui sera plus fidèle » (p. 73). Car s'il est admis qu'un jeune noble puisse passer du bon temps avec une fille du peuple, l'épouser est inconcevable, et ce d'autant plus qu'elle est ici considérée comme une débauchée – elle a eu plusieurs amants. Plus tard, lorsque le père de Des Grieux fait envoyer Manon en Amérique, il affirme durement au chevalier : « J'aime mieux te savoir sans vie que sans sagesse et sans honneur. » (p. 191) Le héros serait ainsi « déshonoré » par une telle mésalliance, davantage même que pour avoir fui le domicile parental et vécu avec une femme hors mariage.

Remarquons dès lors que ce sont peut-être les personnes de sa caste, de son rang, qui lui causent le plus de problèmes et élèvent les plus gros obstacles à son histoire avec Manon. D'autres personnages, de moins bonne condition, sont en effet plus favorables aux deux amants. Ainsi, les propriétaires de l'auberge où Des Grieux passe sa première nuit avec Manon admirent « deux enfants de [leur] âge qui paraissaient s'aimer jusqu'à la fureur » (p. 63).

Le chevalier est également surpris par la fidélité de Marcel, même s'il n'accorde que peu d'importance aux pensées et sentiments des plus modestes. C'est d'ailleurs ce qui perd les amants lorsqu'ils se font voler par leurs domestiques,

Des Grieux ne remarquant pas le parallèle entre ce couple de voleurs et celui qu'il forme lui-même avec Manon. En définitive, ceux dont le chevalier se sent le plus proche, ses pairs – et parmi eux son père – sont aussi ceux qui le font enfermer et qui envoient Manon en Amérique. Ainsi, dans *Manon Lescaut*, le chevalier Des Grieux est sans cesse tiraillé entre son sang – qui détermine aussi son rang – et ses velléités amoureuses.

LA PASSION AMOUREUSE

La notion de passion amoureuse connaît un renouvellement dans la littérature à la fin du XVIIe siècle. Il ne s'agit plus seulement de décrire de l'extérieur les actions par lesquelles un personnage manifeste son amour ou cherche à atteindre l'être aimé : les romans expliquent désormais la manière dont un amant vit individuellement le sentiment amoureux, en particulier au niveau psychologique – la forme des mémoires favorise d'ailleurs l'introspection et l'analyse des sentiments.

Chez Prévost, l'amour est un thème récurrent et ouvertement autobiographique. Il écrit ainsi dans *Le Pour et Contre* : « Je vous laisse à juger quels devaient être depuis l'âge de 20 ans jusqu'à 25 ans, le cœur et les sentiments d'un homme qui a composé le *Cleveland* à 35 ou 36. » (cité par SAINTE-BEUVE (Charles-Augustin), « Notice sur l'abbé Prévost et ses ouvrages », in *Manon Lescaut*, Paris, Charpentier, 1846, p. 7-8)

Pour les lecteurs des *Mémoires et aventures d'un homme de qualité*, cette thématique a ici d'autant plus force et de retentissement qu'ils savent que le chevalier fait son récit à M. de Renoncour, un homme qui a lui-même perdu sa femme et la pleure depuis 14 ans, ainsi qu'à son disciple Rosemont, dont l'amante lui a été enlevée pour être enfermée au couvent. Eux-mêmes, brisés par la perte de l'amour, ne peuvent donc que comprendre la douleur du jeune homme.

Dans *Manon Lescaut*, l'amour conduit un jeune noble à abandonner une carrière dans l'Église pour fuir avec une femme du peuple. Fou amoureux, comme l'est aussi Cleveland, Des Grieux passe le plus clair du roman à narrer sa passion, la décrivant dans les moindres détails et aspirant à la justifier. Ainsi, bien qu'il ait commis des actions répréhensibles, moralement et judiciairement, le jeune homme cherche à excuser ses actes par la force et la pureté de ses sentiments. Son inconduite et ses méfaits ne l'ont compromis qu'au nom d'un sentiment supérieur : l'amour. Chez Des Grieux, la passion se manifeste de façon physique, avec des réactions souvent extrêmes : par exemple, il s'évanouit en apprenant l'infidélité de Manon et tombe malade de chagrin durant presque un an.

Son amour le conduit à abandonner à la fois la bienséance, la morale, la religion, sa famille et son rang. Par la suite, il tombe dans l'illégalité pour rester avec Manon et va jusqu'à commettre des actes violents, lorsqu'il est désespéré : il agresse le vieux G... M... en apprenant que Manon est à l'Hôpital de la Salpêtrière, il veut tuer tout le monde quand il découvre qu'elle va être déportée, il attaque les autorités pour tenter de la libérer et envisage encore le suicide à plusieurs reprises. En d'autres termes, dans *Manon Lescaut,* la passion rime souvent avec une torture de l'âme et du corps.

Et de fait, il s'agit d'une histoire d'amour dramatique, racontée par un jeune homme qui a perdu sa maîtresse. Dès le début du roman, lorsque le chevalier réapparaît seul après son retour d'Amérique, nous comprenons que son histoire avec Manon est terminée ; ainsi le récit tout entier vient introduire et expliquer rétrospectivement la perte annoncée de la jeune femme.

À l'état pitoyable de Des Grieux racontant son histoire, s'ajoutent alors les effets d'annonce dont le récit est parsemé et qui sont encore autant d'indices des drames à venir : « Terrible changement ! Ce qui fait mon désespoir a pu faire ma félicité ! » (p. 64) ; « Ils nous mirent dans un état dont il ne nous a jamais été possible de nous relever » (p. 98), etc. Au fil de la narration, le lecteur entrevoit le malheur inéluctable et ne peut que se demander ce qui est finalement arrivé à Manon : est-elle morte ? Est-elle partie ?

Dans l'œuvre de l'abbé Prévost, Des Grieux passe son temps à perdre Manon, ou à craindre sa perte. Cependant, les deux amants se retrouvent toujours : ni l'infidélité ni l'enfermement ne peuvent les séparer, même lorsqu'ils ignorent où est l'autre.

Ainsi, quoique deux ans se soient écoulés entre leur première séparation et l'arrivée de Manon à Saint-Sulpice, tous deux se retrouvent et fuient ensemble. Il n'y a donc guère que la mort qui puisse les désunir et causer le désespoir du narrateur.

Cette mort elle-même est encore une preuve d'amour, le témoignage ultime de l'attachement de Manon pour Des Grieux. En effet, épuisée, elle insiste néanmoins pour le soigner « avant que de penser à sa propre conservation » (p. 213). Plus tard, elle exprime encore son amour au jeune homme jusqu'à son dernier soupir. Manon, qui n'était certes pas faite pour une vie rude, meurt donc peut-être véritablement d'amour.

Sa soudaine disparition vient mettre un terme à une histoire d'amour passionnelle et à l'apprentissage d'un jeune homme. Dévasté, Des Grieux peut néanmoins retrouver son pays et son rang, et se « rappeler des idées dignes de [sa] naissance et de [son] éducation » (p. 217). Si son amour n'était pas toléré par la société, sa douleur peut quant à elle être acceptée, à condition qu'elle lui permette de développer les « semences de vertu » qui lui ont été « jetées autrefois » (p. 218).

Pilier de la société française du XVIIIᵉ siècle, la religion catholique règle tous les domaines de la vie, dictant notamment les bonnes mœurs. Dans le roman, elle est quelque peu malmenée, entre la fuite d'un étudiant du séminaire et les accusations contre « un grand nombre [de] prêtres qui savent accorder fort bien une maîtresse avec un bénéfice » (p. 96). En retour, et sans doute comme en écho à l'expérience de l'abbé Prévost, elle malmène aussi les personnages. Ainsi, Manon est conduite au couvent contre son gré tandis que Des Grieux est destiné à devenir chevalier de Malte, parce qu'il n'est pas le fils aîné. Quant à Tiberge, il entre d'abord en religion car il vient d'une famille peu fortunée : la prêtrise est en effet son seul moyen d'obtenir une bonne place...

Pourtant, les véritables représentants de la religion – sincères et vertueux – que sont Tiberge et le Supérieur de Saint-Lazare, soutiennent Des Grieux en dépit de ses fautes. Certes, ils le sermonnent et lui font la morale, mais Tiberge supporte l'ingratitude de son ami jusqu'à la fin, allant jusqu'à traverser l'Atlantique pour le retrouver, tandis que de son côté, le Supérieur pardonne au chevalier de l'avoir menacé, en « [déguisant] à M. le Lieutenant général de Police les circonstances de [son] départ » (p. 139).

Ainsi, la religion n'est véritablement un obstacle et une mystification dès lors qu'elle est mise au service de figures d'autorité qui brandissent l'étendard de la morale pour mieux parvenir à leurs fins – en prenant bien soin d'omettre leurs égarements personnels. De fait, sous couvert de combattre la débauche, certains personnages dissimulent hypocritement leur propre perversité. Ainsi, par exemple, le vieux M. de G... M... se scandalise publiquement de la conduite immorale des amants, raison pour laquelle il prétend vouloir les punir ; pourtant, il paraît lui-même se soustraire aux exigences de la morale, dans la mesure où il entretient de son côté de jeunes maîtresses.

Dans de tels cas, la religion atteint ses limites ; elle est instrumentalisée et sollicitée par les puissants pour façonner et assoir leur autorité dans la société. En moraliste bien plus qu'en moralisateur, le positionnement de l'abbé

Prévost lui permet donc tout à la fois de critiquer la société et de réaffirmer son attachement à la vertu et aux bonnes mœurs. D'ailleurs, dès l'avis préliminaire, le narrateur – qui est aussi son relais dans la fiction – se positionne en défenseur de la morale et de la religion : « L'ouvrage entier est un traité de morale, réduit agréablement en exercice. » (p. 49)

Au fil du roman, Des Grieux lui-même regrette parfois ses « fautes » et son éloignement des valeurs chrétiennes. Pourtant, le sentiment religieux ne semble véritablement l'habiter que lorsqu'il va étudier à Saint-Sulpice ; encore semble-t-il seulement s'y résigner pour oublier Manon, et non par véritable vocation. D'ailleurs, une fois sorti du séminaire, il ne se repent pas particulièrement et poursuit ses aventures.

En outre, s'il entend les conseils et reproches de son ami Tiberge, il n'en tient pas compte avant la mort de Manon. Il se rallie seulement aux arguments du jeune prêtre, dès lors qu'il n'a plus rien à quoi se raccrocher. Tant qu'il est avec son amante, c'est elle qui lui tient lieu de divinité pour qui il accomplit tout ; la jeune femme constitue alors pour lui une « figure capable de ramener l'univers à l'idolâtrie » (p. 198). Ainsi, sous la plume de l'abbé Prévost, si passion amoureuse et religion paraissent inconciliables, c'est peut-être que la passion elle-même est devenue une religion de l'amour…

STYLE ET ÉCRITURE

L'écriture du roman n'est pas si différente de celle des autres livres de l'auteur. Néanmoins, l'abbé accorde ici une attention particulière à la langue, allant jusqu'à y apporter des modifications au fil des rééditions. Le style de Prévost est travaillé de façon à servir au mieux l'histoire et à en rendre la lecture agréable. Les critiques de l'époque l'ont d'ailleurs remarqué et salué, y compris ceux qui n'appréciaient pas le roman. Ainsi le juriste et auteur Mathieu Marais (1664-1737) par exemple reconnaît quelques qualités à l'écriture de *Manon Lescaut*, malgré la violence dont il fait preuve à l'égard du livre et de l'écrivain : « Ce livre s'est vendu à Paris, et on y courait comme au feu, dans lequel on aurait dû brûler le livre et l'auteur, qui a pourtant du style. » (MARAIS (Mathieu), « Lettre au président Bouhier », 1er décembre 1733)

UN LANGAGE NOBLE ET RECHERCHÉ

Comme dans la plupart des autres romans de l'abbé Prévost, le narrateur est ici un personnage issu de la noblesse, un jeune homme doué de grandes qualités. Style et registre du discours sont donc adaptés au rang du chevalier et constituent d'ailleurs un indice supplémentaire de ses origines nobles. Des Grieux est un fils de bonne famille, qui a reçu une éducation soignée et qui a fait des études. Il est d'ailleurs plutôt brillant, puisque ses travaux et son attitude sont complimentés par ses maîtres.

Sa parole révèle donc tant son origine sociale que ses mérites personnels. Ruiné et malheureux, il conserve une langue noble, digne de l'aristocrate qu'il est, pour raconter son histoire. Ainsi, dès les premières phrases de son récit, il utilise les métaphores et manie habilement l'emphase :

> « Si j'eusse alors suivi [l]es conseils [de Tiberge], [si] j'avais du moins profité de ses reproches dans le précipice où mes passions m'ont entraîné, j'aurais sauvé quelque chose du naufrage de ma fortune et de ma réputation. » (p. 57)

Pris en charge par ce narrateur, même le récit des événements les plus grivois est rapporté de manière élégante. Ainsi, lorsque Des Grieux et Manon s'enfuient pour Paris la première fois, le jeune homme relate les faits sous couvert de l'implicite : « Nos projets de mariage furent oubliés à Saint-Denis ; nous fraudâmes les droits de l'Église, et nous nous trouvâmes époux sans y avoir fait réflexion. » (p. 63)

Par pudeur, peut-être aussi parce qu'il veut justifier ses erreurs, Des Grieux ne fait pas de références trop explicites à la sexualité. Prévost accumule ici les périphrases, se contentant d'évoquer les droits que l'Église accorde aux couples mariés ; des droits que les jeunes amoureux ont « fraudés », puisqu'ils ont consommé le mariage avant de passer devant un prêtre. En outre, le chevalier présente sa première « faute » avec Manon comme un effet de l'impatience de deux jeunes gens trop passionnés : le discours a donc déjà pour fonction de justifier les « écarts de conduite » de Des Grieux, présentés comme des erreurs de jeunesse, qu'il faut excuser à un jeune homme fougueux. Le récit adopte alors la forme du plaidoyer.

LA SUBJECTIVITÉ DU DISCOURS

Dans *Manon Lescaut*, le narrateur interne – Des Grieux – nous fait voir les événements à travers ses yeux et au prisme de ses sentiments.

Cela renforce la dimension pathétique de l'œuvre et rend sans doute le lecteur plus sensible aux malheurs du chevalier. En outre, puisque nous n'avons pas accès à d'autres points de vue sur les situations rencontrées, il est logique d'adopter le sien. Ainsi, bien que ses actions ne soient pas toujours louables, ni même excusables, Des Grieux se présente le plus souvent sous un jour favorable, susceptible d'attirer la sympathie des lecteurs.

Pourtant, cela ne nous empêche pas de remarquer sa subjectivité et, parfois, sa mauvaise foi. Ainsi, il se plaint longuement de la cruauté du Ciel, alors même que certains de ses malheurs sont dus à sa seule conduite : par exemple, son enfermement et celui de Manon découlent directement de leur tentative d'escroquerie.

D'autre part, les justifications avancées par Des Grieux ne sont pas toujours recevables, comme chaque fois qu'il se tourne vers Tiberge. En effet, il ne pense à son « ami » que lorsqu'il est dans le besoin. Certes, lorsqu'il se tourne vers lui, Des Grieux loue son amitié, expliquant notamment que « rien n'est plus admirable et ne fait plus d'honneur à la vertu, que la confiance avec laquelle on s'adresse aux personnes dont on connaît parfaitement la probité » (p. 91). Mais derrière cette glorification de la véritable amitié, le lecteur décèle quelque hypocrisie : Des Grieux se réjouit surtout d'obtenir un nouveau prêt d'argent, au prix d'une petite leçon de morale. Il se montre d'ailleurs lui-même peu conforme à cette vision idéale, se bornant à rembourser Tiberge lorsqu'il le peut, sans jamais faire davantage pour lui.

En d'autres termes, la subjectivité de la narration permet au lecteur d'entrevoir la mauvaise foi du narrateur ; elle instaure aussi le doute, dès lors qu'il y a parfois un décalage entre le discours et les actions du chevalier.

Ainsi, nous pouvons nous demander si Des Grieux n'exagère pas certaines situations, ou ne les présente pas sous un jour qui lui est favorable. Il nous est donné à voir tel qu'il est, c'est-à-dire avant tout comme « un mélange de vertus et de vices, un contraste perpétuel de bons sentiments et d'actions mauvaises » (p. 48). Et même si le jeune narrateur est parfois insupportable, il suscite néanmoins toujours l'indulgence et la pitié du lecteur : certes, il commet des erreurs, mais sa passion et parfois sa naïveté, le rendent attachant.

UN PARTAGE INÉGAL DE LA PAROLE

Le chevalier est narrateur et délègue très peu la parole à d'autres personnages. La plupart des tirades rapportées le sont au style indirect, particulièrement lorsqu'il s'agit de personnages peu respectables. Ainsi, la parole du frère de Manon, Lescaut, est le plus souvent prise en charge par Des Grieux lui-même :

> « Il me répondit [...] que c'était à moi d'examiner de quoi j'étais capable [...]. À propos de Manon, reprit-il, qu'est-ce qui vous embarrasse ? N'avez-vous pas toujours avec elle, de quoi finir vos inquiétudes quand vous le voudrez ? Une fille comme elle devrait nous entretenir, vous, elle et moi. Il me coupa la réponse que cette impertinence méritait pour [...] me dire [...] qu'il me garantissait avant le soir mille écus à partager entre nous [...]. » (p. 89)

Cette discussion entre Lescaut et Des Grieux s'étend sur plus d'une page et, néanmoins, seules trois phrases du frère de Manon y sont rapportées directement. Il s'agit sans doute du passage le plus douteux, celui au cours duquel Lescaut envisage sans scrupules de vivre de la prostitution de sa sœur : « Une fille comme elle devrait nous entretenir, vous, elle et moi. »

Ici, l'usage du discours direct vient mettre en valeur ces quelques propos pour souligner la roublardise intéressée du personnage. Il permet aussi à Des Grieux de prendre provisoirement ses distances vis-à-vis de déclarations qu'il ne cautionne pas et qui n'appartiennent qu'à celui qui les a prononcées. Puis, les paroles de Lescaut sont encore rapportées au discours indirect, signifiant que c'est davantage le fond que la forme qui importe : il propose à Des Grieux des solutions peu morales pour gagner de l'argent.

À l'inverse, les interventions de Tiberge sont souvent rapportées directement, même lorsqu'elles sont longues à l'instar de sa dernière visite moralisatrice au couple :

> « Il est impossible, me dit-il, que les richesses qui servent à l'entretien de vos désordres, vous soient venues par des voies légitimes. Vous les avez acquises injustement ; elles vous seront ravies de même. La plus terrible punition de Dieu

Tiberge aussi est noble et éduqué ; dans le roman, il représente la voix de la sagesse et de la religion, il incarne la défense de la morale. Et si ses paroles sont autant citées directement, c'est peut-être aussi parce que Des Grieux ne peut pas les prendre en charge, les intégrer à son propre discours. Tiberge est la voix qui s'oppose à ses actes ; sa parole détonne dans cet univers corrompu. De plus, le chevalier n'éprouve pas vraiment de remords – ni moraux ni religieux – quant à sa conduite et, quoiqu'il écoute son ami, maintient toujours une certaine distance à l'égard des tirades de Tiberge.

DU TRAGIQUE AU RIDICULE

Le récit des *Histoires du chevalier Des Grieux et de Manon Lescaut* est dramatique, ce dont le lecteur est informé dès l'introduction : « Je veux vous apprendre, non seulement mes malheurs et mes peines, mais encore mes désordres et mes plus honteuses faiblesses » (p. 56), concède d'emblée le chevalier. L'histoire des deux amants, tourmentés par la passion, relève ici de la tragédie : le dénouement malheureux, la mort de Manon, est annoncé comme inéluctable dès le début du roman. Cette impression de fatalité est d'ailleurs renforcée par les nombreux effets d'annonce, produits par Des Grieux à chaque nouveau coup dur. Par exemple, avant la rencontre avec le jeune G… M…, le chevalier explique ainsi : « Il [se] préparait un [nouveau malheur] si funeste, qu'il m'a réduit à […] des extrémités si déplorables que vous aurez peine à croire mon récit fidèle. » (p. 150)

En outre, les commentaires du narrateur accentuent la dimension pathétique du récit. Ses annonces et ses plaintes cherchent en effet à susciter la pitié du lecteur. Dans *Manon Lescaut*, l'accent est ainsi mis sur les sentiments du héros. Par exemple, lors de la première séparation, le chevalier sollicite largement les champs lexicaux de l'affectivité et de la souffrance : « Un barbare aurait été attendri des témoignages de ma douleur et de ma crainte. » (p. 68) De même, lorsqu'il en vient à aborder la mort de la jeune femme : « Pardonnez, si j'achève en peu de mots un récit qui me tue » ; « c'est tout ce que j'ai la force de vous apprendre » (p. 214). Dès lors, racontée par un personnage désespéré, l'histoire ne peut qu'appeler l'apitoiement.

Cependant, nous l'avons vu, l'auteur accorde une grande importance au réalisme (voir ci-dessus la section <u>Analyse des thématiques</u>), de sorte que les références à la vie quotidienne, ainsi que des scènes quasi ridicules, s'immiscent dans le fil de la narration pour s'entremêler aux registres dominants (pathétique, tragique, etc.). C'est notamment le cas, lorsque les amants sont tirés du lit par le vieux G... M..., accompagné d'archers.

Menacés par les armes et totalement à la merci de leur ennemi, Manon et son amant vivent alors une situation particulièrement humiliante que le récit, parvient pourtant à rendre plus tragique

que ridicule. L'aspect grivois de la scène est bien évoqué – G… M… se permet « quelques galanteries ironiques » (p. 175) –, mais le lecteur est alors plutôt tenté de se scandaliser de la conduite du vieil homme, que de rire de l'humiliation du couple.

Il en est de même, plus tard, lorsque le chevalier est obligé de donner sa propre « culotte » – pantalon des hommes nobles – à la jeune femme pour la faire évader de l'Hôpital. Il concède d'ailleurs lui-même que cet oubli les aurait « apprêtés à rire si l'embarras où il [les] mettait eût été moins sérieux » (p. 133). Pour les lecteurs, la scène est potentiellement comique, le grotesque de la situation constituant une pause dans la tension de la scène, mais la parenthèse est vite refermée. Il faut ici reconnaître tout l'art de l'abbé Prévost, qui insère avec succès une scène risible dans un contexte dramatique.

UNE STRUCTURE PARTICULIÈRE

Manon Lescaut est un récit enchâssé dans les *Mémoires et aventures d'un homme de qualité*. L'histoire de Manon et Des Grieux n'en fait pas partie ; ce n'est qu'un ajout. Ainsi, le seul lien conservé avec le cycle – les six volumes précédents – est le personnage de M. de Renoncour. C'est lui qui prend en charge la narration en ouverture du roman, liant l'histoire de Des Grieux à la sienne ; c'est encore lui qui amène la pause entre les deux parties du récit, tandis qu'il invite le chevalier à souper.

Cet « entracte » est particulier, car il s'agit de la seule fois où Renoncour intervient dans le long monologue du chevalier. C'est peut-être qu'il aurait pu paraître improbable que les trois hommes parlent – et s'écoutent – durant des heures, sans faire de pause. Cette interruption peut donc avoir une visée réaliste, mais elle permet surtout de rappeler la présence de « l'homme de qualité », et donc de renouer le lien avec les *Mémoires et aventures*.

Au terme du récit, Renoncour n'ajoute rien. Parce que son opinion a déjà été exprimée dans l'avant-propos ? Parce qu'il reste sans voix, ému par l'histoire de son interlocuteur ? Sans doute est-il surtout plus fort de conclure le roman sur cette image d'un Des Grieux désespéré, qui a tout perdu. Ainsi, l'auteur exclut la glose et ne délivre pas de morale claire. Libre au lecteur de condamner le jeune homme ou de le plaindre ; nous ne savons pas vraiment ce qu'en pense son auditeur, ni même Prévost, qui maintient l'ambiguïté en ne jugeant pas son personnage.

En fait, plus le roman s'approche de la scène finale, plus les commentaires du narrateur sur son propre récit sont présents. Il s'excuse par exemple en ces termes : « Pardonnez, si j'achève en si peu de mots un récit qui me tue. » (p. 214) Ces interventions nous ramènent alors à la situation d'énonciation – celle où le chevalier s'adresse à « l'homme de qualité » –, de sorte que le lecteur vient lui-même se placer dans la position de Renoncour, celle du destinataire libre de réagir directement à l'histoire qui lui est contée.

LA RÉCEPTION DE MANON LESCAUT

À la fin du XVIIIe siècle, *Manon Lescaut* s'est déjà nettement démarqué des autres romans du cycle ; ce récit constitue une œuvre autonome, prête à devenir le classique littéraire que nous connaissons aujourd'hui.

PREMIÈRE PUBLICATION

À la parution du roman, certains critiques distinguent déjà l'*Histoire du chevalier Des Grieux et de Manon Lescaut* du reste des *Mémoires et aventures d'un homme de qualité*. Pour beaucoup, l'histoire est ici bien supérieure à celles des autres tomes, notamment du fait de l'ambiguïté des personnages principaux : ceux-là ont souvent une attitude répréhensible, mais restent attachants et le plus souvent vertueux. Ainsi, un critique anonyme – peut-être l'auteur, journaliste et traducteur français, La Barre de Beaumarchais (1698-1750) – écrit à propos de *Manon Lescaut*, dans ses *Lettres sérieuses et badines* :

« On y voit un jeune homme qui [est] un contraste perpétuel de bons sentiments et d'actions mauvaises. L'amante a quelque chose de plus singulier encore. Elle goûte la vertu et elle est passionnée pour le chevalier. Cependant, l'amour de l'abondance et des plaisirs lui fait à tout moment trahir la vertu et le chevalier [...]. Avec tout cela, il est impossible de ne pas la plaindre, parce que M. d'Exiles a eu l'adresse de la faire paraître plus vertueuse et plus malheureuse que criminelle. » (cité par DURAND (André), « Histoire du chevalier Des Grieux et de Manon Lescaut », in *comptoirlitteraire.com*)

Déjà, l'accent est mis sur le personnage de Manon, qui plaît et fascine autant que sa conduite dérange. Pourtant, comme Des Grieux, les lecteurs sont toujours tentés de l'excuser. En particulier, c'est l'amour sincère des deux personnages qui les sauve aux yeux des lecteurs ; à lui seul, il peut justifier leurs écarts de conduite.

PUBLICATION EN FRANCE

Le roman paraît seulement en France en 1733. Le premier compte-rendu, dans le *Journal de la Cour et de Paris* du 21 juin 1733, désigne déjà l'œuvre de l'abbé Prévost sous le titre d'« *Histoire de*

Manon Lescaut », illustrant ainsi le surcroît de sensibilité du public en faveur du protagoniste féminin. Il loue également « l'art » de l'auteur, qui fait « que l'on voit les honnêtes gens même s'attendrir en faveur d'un escroc et d'une catin [...] » (TASCHEREAU (Jules-Antoine) (éd.), *Revue rétrospective*, t. V, Paris, *s. n.*, 1836, p. 401-402).

Mais si les premières critiques sont encourageantes, et si l'ouvrage séduit fortement le public, les autorités ne voient pas le roman d'un œil très favorable. Fin 1733, les exemplaires sont saisis au motif que le roman présente une histoire immorale et de mauvaises actions. Le *Journal de la Cour et de Paris* se montre soudain beaucoup plus critique : « Ce petit livre, qui commençait à avoir une grande vogue, vient d'être défendu [...]. Le vice et le débordement y sont peints avec des traits qui n'en donnent pas assez d'horreur. » (*Journal de la Cour et de Paris*, Paris, 5 octobre 1733).

Mais si le livre est officiellement interdit, aucune poursuite n'est lancée contre son auteur. C'est peut-être pourtant la réputation de l'abbé qui oriente la réception de son œuvre et choque certains lecteurs : son abandon de l'état religieux et sa fuite à l'étranger étant connus, nombreux sont ceux qui voient dans l'histoire de Des Grieux des parallèles avec la vie de l'abbé Prévost.

Cependant, publié en Hollande, le roman reste relativement facile à trouver, notamment pour quelques lettrés ayant de bons contacts. Montesquieu peut donc lire *Manon Lescaut* en 1734 et le commenter en ces termes célèbres :

> « Je ne suis pas étonné que ce roman, dont le héros est un fripon et l'héroïne une catin qui est menée à la Salpêtrière, plaise, parce que toutes les actions du héros, le chevalier Des Grieux, ont pour motif l'amour, qui est toujours un motif noble, quoique la conduite soit basse. Manon aime aussi, ce qui lui fait pardonner le reste de son caractère. » (MONTESQUIEU (Charles de Secondat), *Pensées et fragments inédits de Montesquieu (tome II)*, Bordeaux, G. Gounouilhou, 1901).

Ainsi, malgré quelques déboires avec les autorités, *Manon Lescaut* reçoit l'approbation du public et connaît le succès dès son lancement. Et si certains critiques sont dubitatifs, c'est uniquement quant à la moralité du roman, car ils en louent presque unanimement les qualités d'écriture.

Manon Lescaut a donné lieu à plusieurs opéras et pièces de théâtre, dont un drame de Puccini (compositeur italien, 1858-1924), *Manon Lescaut*, en 1893. La jeune femme n'y a qu'un seul amant et meurt à son arrivée en Amérique, le couple se retrouvant seul dans la campagne. Dans ces versions scéniques, l'histoire est généralement simplifiée, voire considérablement modifiée : dans certaines, comme *La Courtisane vertueuse* (1772) de César Ribié (acteur et dramaturge français, 1758-1830), les deux amants finissent même par se marier !

Plusieurs cinéastes ont également porté l'œuvre sur grand écran. En 1948, Henri-Georges Clouzot (cinéaste français, 1907-1977) en réalise sans doute la version la plus notable, *Manon*, et resitue l'action dans la France de l'après-guerre. Dans les grandes lignes, la trame est semblable à celle du roman de l'abbé Prévost : jeune résistant, Robert Desgrieux tombe amoureux de Manon et abandonne tout pour elle, quitte à se compromettre. La jeune femme a également un frère, Léon, qui vit de petits trafics.

Mais dans cette version, c'est Desgrieux lui-même qui tue Léon quand celui-ci veut l'empêcher de séparer Manon et son nouvel amant. En outre, si le film adapte la structure enchâssée du roman en usant du procédé de flash-back, c'est le couple qui raconte son histoire, tentant d'attendrir par son récit le capitaine du bateau sur lequel ils tentent de fuir clandestinement vers la Palestine.

En 1968 sort *Manon 70*, film de Jean Aurel (cinéaste français, 1925-1996) avec Catherine Deneuve (actrice française, née en 1943) et Sami Frey (acteur français, né en 1937) dans le rôle des amants. L'histoire est à nouveau modernisée, avec une Manon refusant la fidélité. On retrouve également le personnage du frère profiteur, qui pousse sa sœur dans les bras de riches hommes. Ici, Des Grieux finit par se faire passer pour le frère de Manon auprès de l'un d'eux, mais il met fin à la mascarade. Après une dispute, le couple se réconcilie et part vers de nouvelles aventures, dans une fin quelque peu immorale, laissant entendre que les amants vont escroquer ensemble d'autres riches amants...

Votre avis nous intéresse !
Laissez un commentaire sur le site de votre librairie en ligne
et partagez vos coups de cœur sur les réseaux sociaux !

BIBLIOGRAPHIE

SOURCES BIBLIOGRAPHIQUES

- DEMORIS (René), *Le Silence de Manon*, Paris, Presses universitaires de France, 1995.

- DURAND (André), « Histoire du chevalier Des Grieux et de Manon Lescaut », in *comptoir-litteraire.com,* consulté le 2 octobre 2017. http://www.comptoirlitteraire.com/docs/503-prevost-manon-lescaut-.pdf

- PRÉVOST (Antoine François), *Histoire du chevalier Des Grieux et de Manon Lescaut*, Paris, Imprimerie nationale, 1980.

- PRÉVOST (Antoine François), *Manon Lescaut*, Paris, Bordas, 1990.

- PRÉVOST (Antoine François), *Manon Lescaut*, Paris, Charpentier, 1846.

- PRÉVOST (Antoine François), *Manon Lescaut*, Paris, Flammarion, 1992.

- PRÉVOST (Antoine François), *Manon Lescaut*, Paris, Flammarion, 2006 [édition de référence].

- SGARD (Jean), *Vie de Prévost (1697-1763)*, Paris, Hermann, 2013.

- SGARD (Jean), *Vingt études sur Prévost d'Exiles*, Grenoble, Ellug, 1995.

- TASCHEREAU (Jules-Antoine) (éd.), *Revue rétrospective, ou Bibliothèque historique, contenant des mémoires et documens authentiques, inédits et originaux, pour servir à l'histoire proprement dite, à la biographie, à l'histoire de la littérature et des arts*, t. V, Paris, *s. n.*, 1836.

SOURCES COMPLÉMENTAIRES

- SGARD (Jean) (dir.), *Œuvres de Prévost* (8 volumes), Grenoble, Presses universitaires de Grenoble, 1977-1986.

- PRÉVOST (Antoine François), *Cleveland*, Paris, Desjonquères, 2003.

- PRÉVOST (Antoine François), *Histoire d'une Grecque moderne*, Paris, Flammarion, 1999.

- PRÉVOST (Antoine François), *Mémoire pour servir à l'histoire de Malte ou Histoire de la jeunesse du commandeur*, Paris, Flammarion, 2005.

ADAPTATIONS

Ballets

- *Manon Lescaut*, ballet de Jean-Pierre Aumer, France, 1830.

- *L'Histoire de Manon*, ballet de Kenneth MacMillan, Angleterre, 1974.

Films

- *Manon Lescaut*, film d'Arthur Robison, avec Marlene Dietrich, Allemagne, 1926.

- *Manon*, film d'Henri-Georges Clouzot, avec Cécile Aubry, Michel Auclair et Serge Reggiani, France, 1949.

- *Manon 70*, film de Jean Aurel, avec Catherine Deneuve et Sami Frey, France, 1968.

Opéras

- *Manon Lescaut*, opéra-comique de Daniel-François-Esprit Auber, France, 1856.

- *Manon*, opéra-comique de Jules Massenet, France, 1884.

- *Manon Lescaut*, drame lyrique de Giacomo Puccini, Italie, 1893.

- *Le Portrait de Manon*, opéra-comique de Jules Massenet, France, 1894.

- *Boulevard Solitude*, opéra de Hans Werner Henze, Allemagne, 1952.

Théâtre

- *La Courtisane vertueuse*, comédie avec ariettes de César Ribié, France, 1772.

- *Manon Lescaut et le chevalier Desgrieux*, mélodrame d'Étienne Gosse, France, 1820.

- *Manon Lescaut*, drame de Théodore Barrière et Marc Fournier, France, 1851.

SOURCES ICONOGRAPHIQUES

- Portrait de l'abbé Prévost réalisé en 1745 par Georg Friedrich Schmidt (peintre, dessinateur et graveur allemand, 1712-1775) et conservé à la Bibliothèque Nationale de France, à Paris. La photo reproduite est réputée libre de droits.

- Illustration de la mort de Manon Lescaut par Hubert-François Gravelot (illustrateur, graveur et dessinateur français, 1699-1773) en 1753. La photo reproduite est réputée libre de droits.

- Illustration de *Manon Lescaut* avec Des Grieux par Hubert-François Gravelot en 1753. La photo reproduite est réputée libre de droits.

Éditeur responsable : Lemaitre Publishing
Avenue de la Couronne 159 | BE-1050 Bruxelles
info@lemaitre-editions.com

ISBN ebook : 978-2-8062-7590-5
ISBN papier : 978-2-8062-7591-2
Dépôt légal : D/2017/12603/343
Couverture : © Lisiane Detaille.

Conception numérique : Primento,
le partenaire numérique des éditeurs.